Franklin dice una mentira

Para Cameron, Lauren y Katie –PB
Para mi hijo, Robin –BC

Franklin y el personaje Franklin son marcas registradas de
Kids Can Press Ltd.

Texto copyright © 1991 de Paulette Bourgeois
Ilustraciones copyright © 1991 de Brenda Clark
Diseño de Michael Solomon y Brenda Clark

Kids Can Press reconoce y aprecia la asistencia del Canada Council
y del Ontario Arts Council en la producción de este libro.

© 1998 de la versión al español por Editorial Norma, S.A.
A.A. 53550 Bogotá, Colombia. Todos los derechos reservados para
Argentina, Chile, Colombia, Costa Rica, Ecuador, El Salvador,
Guatemala, Panamá, Perú, República Dominicana y Venezuela.

Publicado con permiso de Kids Can Press Ltd., Toronto, Ontario,
Canadá.

Impreso por Editora Géminis Ltda.
Impreso en Colombia - Printed in Colombia
Noviembre de 2003

ISBN 958-04-4990-2

Franklin dice una mentira

Escrito por Paulette Bourgeois
Ilustración de Brenda Clark

Traducción de Ana Cristina Robledo
Armada electrónica de Alexandra Romero

GRUPO
EDITORIAL
norma

Barcelona, Bogotá, Buenos Aires, Caracas, Guatemala, Lima, México, Miami,
Panamá, Quito, San José, San Juan, San Salvador, Santiago de Chile

FRANKLIN se podía deslizar por la orilla del río por
sí solo. Podía contar hacia adelante y hacia atrás.
Podía subir y bajar cremalleras y abotonar
botones. Hasta podía amarrarse los zapatos, pero
Franklin no se podía tragar setenta y seis moscas
en un abrir y cerrar de ojos.

Y eso era un problema porque Franklin dijo
que sí podía. Les dijo a todos sus amigos que
podía. Franklin había dicho una pequeña
mentira.

Todo empezó con Oso.

–Puedo trepar el árbol más grande –presumió Oso.

Oso se encaramó hasta la punta de un pino.

–Puedo volar sobre el bosque de bayas sin batir mis alas –fanfarroneó Halcón.

Remontó vuelo sobre la espesura y pasó por encima del bosque de bayas sin agitar ni una sola pluma.

—Puedo talar un árbol sólo con mis dientes —se
jactó Castorcita.

Castorcita raspó con los dientes por un lado,
luego por el otro. Volaron astillas por todas partes
y el árbol cayó al suelo.

—Y —dijo— puedo hacer mi propio dique.

Franklin no podía trepar un árbol, no podía talar un árbol, no podía volar, y se olvidó de todo lo que sí podía hacer. Así que mintió.

–Me puedo tragar setenta y seis moscas en un abrir y cerrar de ojos –dijo.

Sus amigos quedaron asombrados.

–Mírenme –dijo.

Franklin se engulló dos, cuatro, seis moscas.

—¡Ya!

—Pero sólo fueron seis moscas —dijo Halcón.

—Sólo había seis moscas volando —dijo
Franklin—. Y me las comí todas en un abrir y
cerrar de ojos. Me hubiera podido comer setenta
más.

—Vamos a ver —dijo Castorcita.

Franklin frunció el ceño. No había manera de
que se pudiera comer setenta y seis moscas en un
abrir y cerrar de ojos. De ninguna manera.

Franklin no tenía hambre a la hora de la cena.

–¿Qué sucede? –le preguntó su mamá.

–No me puedo comer setenta y seis moscas en un abrir y cerrar de ojos.

–Yo tampoco –dijo el papá de Franklin.

–Yo tampoco –dijo la mamá de Franklin.

–Pero ustedes no tienen que hacerlo –dijo Franklin con tristeza.

—Y yo sí.

Franklin les contó acerca de las moscas.

Su mamá asintió con la cabeza y su papá hizo: "mmmjmm".

—Tienes bastante imaginación —dijo el papá de Franklin.

A la mañana siguiente, los amigos de Franklin
lo estaban esperando. Castorcita tenía una
sorpresa.

–Cómetelas –lo retó.

Franklin le dio dos vueltas a una bufanda
lanosa de invierno alrededor de su cuello.

–No puedo –graznó–. Tengo dolor de garganta.

Sus amigos rieron.

Franklin se sentía muy mal. No podía comer. No podía dormir. No podía pensar sino en moscas y en mentirillas.

—Podría practicar hasta poder tragarme setenta y seis moscas en un abrir y cerrar de ojos —le dijo Franklin a su papá.

—Podrías, pero te tomaría mucho tiempo —dijo él.

—Podría dejar de jugar con mis amigos —le dijo
Franklin a su mamá.

—Podrías, pero te sentirías muy solo —dijo ella.

—Podría decirles que dije una pequeña mentira —dijo Franklin.

—Podrías hacer eso —dijeron los papás de Franklin—. Y les podrías mostrar lo que sí puedes hacer.

Al día siguiente, los amigos de Franklin lo estaban esperando.

–No me puedo comer setenta y seis moscas en un abrir y cerrar de ojos –admitió Franklin.

–Nos lo imaginamos –dijo Oso.

–Pero –dijo Franklin– sí puedo comerme setenta y seis moscas.

Los amigos de Franklin suspiraron.

–De verdad –dijo Franklin.

Franklin corrió a casa.

Tomó las moscas, un tazón, un poco de
harina, leche, huevos y miel. Vertió y revolvió,
extendió con el rodillo y horneó. Finalmente,
estaba listo.

–¡Mírenme!

Franklin se engulló todo la torta de moscas.

–Ya –dijo Franklin, y se lamió los labios.

–¡Increíble! ¿Qué mas puedes hacer? –preguntó Castorcita.

Franklin estaba orgulloso de su éxito. Estaba a punto de decir que podía comerse dos tortas de moscas de un solo bocado.

Luego lo pensó dos veces y no dijo nada.
Hasta una tortuga se cansa de comer torta de
moscas.